Sortie No. 8

Jennifer Degenhardt & Diego Ojeda

Cover, back cover and interior illustrations: Jisseth Fierro. jissethfierro@gmail.com.

For all who make the journey.

TABLE DES MATIÈRES

REMERCIEMENTS

Special thanks to Isaías, a real person and friend of one of the authors, who recently made the journey to the United States and who, in part, inspired this story.

NOTE DES AUTEURS

There are as many reasons that people leave their home countries to emigrate to others, perhaps as many reasons as there are humans who migrate. The push-pull factors surrounding human migration is often only viewed through a political lens. Through this story, we welcome readers to see immigrants as people first.

—Nous voilà, me dit Abisai.

Nous entrons dans l'appartement. L'appartement n'est pas très grand.

Dans l'appartement il y a 6 hommes.

—Bonjour tout le monde, je suis Isidore.

Les hommes me parlent ; ils disent :

—Bonjour, Isidore. Je m'appelle David. Je viens d'Haïti.

—Bienvenue. Je suis haïtien aussi. Je m'appelle Louis.

—Bonjour, me dit un autre homme. Je m'appelle Calixte. Je suis martiniquais.

—Je m'appelle Nicholas.

—Je m'appelle Rémi. Je suis guadeloupéen.

—Bonjour. Je m'appelle Georges. Je viens d'Haïti aussi.

Il y a beaucoup d'hommes et beaucoup de nouveaux noms.

—Tu as faim ? me demande Abisai.

—Non, je n'ai pas faim, mais j'ai soif, je lui dis.

David dit —Voici de l'eau.

—Merci, je lui dis.

Je suis très fatigué. Je veux dormir.

Le voyage pour les États-Unis était[1] long et difficile. J'ai besoin de dormir.

Abisai me donne de l'eau.

—Voilà de l'eau, Isidore. Bienvenue.

—Merci. J'ai très sommeil.

—Il faut[2] dormir. Demain, nous partons tôt pour la sortie no. 8 pour chercher du travail.

La sortie no. 8 ?

Je veux poser la question à Abisai, mais je suis trop fatigué.

Demain...

Demain je vais demander plus d'informations.

---

[1] le voyage...était : the trip...was.
[2] il faut : it is necessary.

3

Bonjour !

Glad we caught you...

We wanted to let you know about the poems that you'll find at the end of each chapter. They are poems written by the main character. He likes to write and wants to share more of his thoughts with you through his poetry.

Enjoy!

L'arrivée

Je suis là
Je suis fatigué
Je suis loin de chez moi.

Je veux me reposer
Je veux dormir
Je veux rêver.*

J'ai beaucoup de questions
J'ai soif
J'ai des rêves
Je veux imaginer un avenir
heureux.

*rever : to dream.

5

Chapitre 2
Du travail ?

C'est le matin, mais il fait noir.

—Allons-y, Isidore, me dit Abisai.

—D'accord, je lui dis.

Il est quatre heures et demie du matin. Il fait noir et il fait froid.

—Où... ? je demande à Abisai.

—Nous allons à la sortie no. 8.

—C'est quoi, la sortie no. 8 ? je lui demande.

—C'est un endroit où chercher du travail.

J'ai peur. Tout est nouveau.

Abisai, trois autres hommes et moi allons à la sortie no. 8.

*****

Nous arrivons à la sortie no. 8.

Il y a d'autres hommes là.

La sortie no. 8 de l'autoroute, c'est là où[3] on peut chercher du travail.

—Bonjour, Claude. Bonjour Bernard, leur dit Abisai. Je veux vous présenter Isidore. Il est de mon village.

---

[3] c'est là où : it is where.

—Bonjour, Isidore. Je m'appelle Claude. Je suis de Guadaloupe.

—Bonjour. Je suis Bernard. Je suis haïtien.

—Bonjour, je leur dis. Je suis Isidore.

—Tu es ici pour travailler aussi ? —me demande Bernard.

—Oui. Je suis ici pour gagner de l'argent pour ma famille dans mon pays, je lui dis.
—Nous aussi.

J'ai 26 ans ; je suis jeune. Le voyage pour les États-Unis était difficile pour tout le monde, mais surtout pour les personnes âgées.

—J'ai 53 ans, me dit Bernard. J'ai de la chance d'être ici. Je vis dans ce pays depuis quatre ans[4].

Je veux lui demander plus d'informations, mais Abisai parle ; il dit :

_____

[4] Je vis dans ce pays depuis quatre ans : I have been in this
country for four years.

—La sortie no. 8, on y va pour chercher un travail. Les personnes qui ont besoin de travailleurs[5] viennent ici et ils nous donnent un emploi.

—Et il y a du travail ? je lui demande.

—Quelquefois, oui. Les autres jours, non, me dit Abisai.

Nous sommes à la sortie no. 8 toute la journée. Il n'y a pas de travail aujourd'hui. Il fait froid.

J'ai faim et j'ai soif.

Tout est nouveau. C'est difficile pour moi.

---

[5] travailleurs : workers.

La sortie no. 8

C'est le matin.

Mais il ne fait pas soleil

Il fait froid dehors *

Mais c'est mon cœur

Qui est congelé.**

La sortie d'autoroute

est l'entrée dans une nouvelle vie.

Je m'appelle Isidore,

et peu importe *** si c'est lundi ou

samedi,

dans ce pays

je veux travailler.

*dehors : outside.
**congelé : frozen.
***peu importe : it doesn't matter.

Chapitre 3
Souvenirs[6]

Je suis seul dans l'appartement. Les autres hommes ne sont pas là.

---

[6] souvenirs : memories.

Je sors la photo de ma famille et je la regarde[7]. La photo est vieille, mais c'est ma photo favorite. C'est une photo de ma femme et de mes enfants dans notre maison.

Ma femme s'appelle Sylvie.

Elle est belle. Elle a les yeux marrons et les cheveux bruns. Elle a les cheveux longs.

J'aime ma femme.

Je l'aime[8]. Beaucoup.

Mes enfants s'appellent Valérie et Martine.

Valérie a neuf (9) ans et Martine a trois (3) ans.

J'aime mes enfants. Je les aime[9]. Beaucoup.

Pourquoi est-ce que je suis ici ? Pourquoi est-ce que je ne suis pas avec ma famille ?

---

[7] je la regarde : I look at it.
[8] je l'aime : I love her.
[9] je les aime : I love them.

Je suis aux États-Unis parce qu'il y a plus de travail ici. Il y a plus de possibilités pour travailler.

Dans mon pays, il y a plus de choses. Il y a beaucoup de plantes, beaucoup de fruits et beaucoup de beaux endroits. Mais, il n'y a pas de travail. Il n'y a pas de travail pour tout le monde. Il n'y a pas de travail et c'est difficile de vivre sans argent.

Je suis aux États-Unis depuis sept jours.

Je veux être chez moi, dans mon pays. Je veux être avec ma famille. Je veux parler avec ma femme. Je veux parler avec mes enfants.

Mais, ce n'est pas possible. C'est impossible. Je n'ai pas de téléphone.

Je suis là maintenant. Je suis aux États-Unis pour travailler. Je veux travailler. Je veux vraiment travailler.

Mais je ne travaille pas encore[10]. Il n'y pas de travail. Il n'y a pas encore de travail.

Il n'y a pas de travail dans mon pays et il n'y pas de travail ici - pour l'instant.
Mais j'ai de la chance. Je suis là. Je suis arrivé aux États-Unis. Certaines personnes n'arrivent jamais, car le voyage est difficile et dangereux. Certaines personnes meurent et d'autres sont déportées.

Je regarde la photo. J'aime tout sur la photo.

J'aime les cheveux de ma femme.

J'aime les yeux de ma femme.

J'aime notre maison.

J'aime les oreilles et le nez du chien.

J'aime les bruits de notre village : les bruits de la nature, les bruits des humains et les bruits des animaux.

J'aime beaucoup mon pays.

---

[10] encore : still.

Un jour, je veux y retourner. Je vais y retourner.

Mais premièrement, il faut que je travaille. Je veux travailler.

Demain peut-être.

Sept jours

La semaine a sept jours et
Dans le calendrier de mon cœur,
chaque jour correspond à un
prénom.*

Le lundi est le jour d'Amalia, mon
amour.*
Le mardi est le jour de la petite
Martine.***
Le mercredi est le jour de Valérie,
la plus âgée.**

*prénom : name.
**la plus âgée : the oldest.

18

Le jeudi est celui* de mes parents.

Le vendredi est celui* de mes frères
et sœurs.

Le samedi est le jour de mes amis
proches.*

Le dimanche est pour moi,

ce jour je prépare mon cœur

Pour une nouvelle semaine

pendant laquelle chaque jour,

Je travaille avec amour.

*celui : the one.
*proches : close.

19

Chapitre 4
À la sortie no. 8

Il fait froid.

C'est très différent dans mon pays.

J'ai très froid ici...

Nous sommes à la sortie. Nous voulons travailler. Nous sommes huit hommes. Les autres n'ont pas froid parce qu'ils ont de bons vêtements contre le froid.

—Bonjour, Isidore, me dit Bernard. Bernard est le vieil homme du groupe.

—Comment ça va ? il me demande.

—Bonjour, Bernard. Ça va bien. Et vous ? Comment ça va ?

—Bien, merci. Il y a du travail aujourd'hui ? je lui demande.

—Oui. Il faut être positif, me dit Bernard.

À ce moment-là, un camion arrive. L'homme dans le camion est des États-Unis, mais il parle un peu français. Il dit :

—Je veux six hommes pour travailler à ma maison. Je veux les mêmes hommes hier.

Les six autres hommes vont dans le camion.

Bernard et moi n'allons pas avec le groupe. Nous n'avons pas travaillé hier.

Est-ce que nous allons travailler aujourd'hui ?

Oui. Nous allons travailler aujourd'hui. Il faut être positif.

Le camion part. Le groupe nous laisse à la sortie no. 8, Bernard et moi. Nous sommes seuls.

Je suis un peu triste, mais Bernard n'est pas triste. Bernard est très positif.

—Isidore, au début... aux États-Unis, c'est très difficile. Tu es sans ta famille, tu n'es pas dans ton pays.

—Bernard, c'est très difficile. Je ne suis pas avec ma famille. J'aime ma femme et mes enfants, je lui dis.

—Oui. Tu es ici parce que tu aimes ta famille. Tu veux une meilleure vie pour eux, non ?

—Oui. Tu as raison, je lui dis.

—J'aime aussi ma famille. Et je veux aussi être avec ma femme et mes enfants, me dit Bernard.

—Et pourquoi tu es ici, Bernard ? je lui demande.

—Ah, Isidore. La situation est très difficile dans mon pays. Ce n'est pas difficile dans ton pays ?

—Oui, c'est difficile. Il n'y a pas beaucoup de travail, je lui dis.

—Dans mon pays aussi. Il n'y a pas beaucoup de travail. Et j'ai une ferme[11], mais il n'y a pas d'eau pour les plantes.

Il vente et il fait très froid. C'est horrible.

Bernard continue à parler :

—S'il n'y a pas d'eau, il n'y a pas de plantes. S'il n'y a pas de plantes, il n'y a pas de fruits. S'il n'y a pas de fruits, il n'y a pas de travail... s'il n'y a pas de travail...

—C'est une situation horrible, Bernard. C'est très difficile, je lui dis.

—Je suis d'accord. Je suis d'accord avec toi, Isidore, me dit Bernard.

—Et il y a assez[12] de travail ici ? je lui demande.

—Oui. Il y a du travail, me dit Bernard. Il faut être positif.

---

[11] ferme : farm.
[12] assez : enough.

Je veux travailler. Je veux travailler parce qu'il faut payer le loyer[13]. Je veux aussi envoyer de l'argent à ma famille.

J'ai un rêve… le rêve d'une vie meilleure dans mon pays…

Mais, à ce moment, un autre camion arrive. L'homme ne sort pas du camion et il ne parle pas français :

—*I need two guys*, dit l'homme. *I pay at the end of the day.*

Je ne parle pas anglais. Je demande à Bernard —Qu'est-ce que l'homme dit ?

—Il a du travail. Il paie à la fin de la journée.

Bernard dit à l'homme, "OK. *We work.*" Nous allons au camion avec l'homme.

Nous allons travailler.

---

[13] le loyer : rent.

Les rêves

Le froid est plus intense
Quand il n'y a pas de travail.
Les plantes ne poussent* pas
sans eau.
Je suis triste,
sans espoir.**

Les amis sont
Comme le soleil.
Ils apportent de la chaleur
En hiver.***
Ils apportent de l'eau
pour faire pousser les illusions.

*poussent : (they) grow.
**espoir : hope.
***hiver : winter.

Le rêve, ce n'est pas l'argent,

C'est la chaleur, c'est l'eau,

C'est la prospérité.

Pouvoir dormir

Et être heureux de se réveiller.[*]

Je suis aux États-Unis,

Mais mon cœur est

avec ma famille.

---

*se réveiller : to wake.

Chapitre 5
Du travail !

Nous sommes dans le camion. Bernard et moi ne parlons pas. Et le conducteur[14] du camion ne nous parle pas.

Il y a un silence.

Je suis content. Je vais travailler aujourd'hui. Je vais travailler pour ma famille. Oui, je suis content.

*****

---

[14] le conducteur : driver.

Nous arrivons.

Il y a beaucoup d'autres hommes. Quelques hommes travaillent. Les autres hommes parlent.

Le conducteur du camion dit : *Those trees over there. You are going to cut them down and take them away.*

Je regarde Bernard. Bernard me dit : Nous allons couper les petits arbres.

—D'accord.

Bernard et moi travaillons beaucoup.
Nous travaillons dur.

Les arbres ne sont pas grands, mais il y a beaucoup d'arbres.

Nous travaillons toute la journée. Il est tard.

Nous travaillons pendant neuf heures.
Le travail est difficile.

Après neuf heures de travail, nous retournons à la sortie no. 8 avec le conducteur.

L'homme va nous quitter.

—Merci pour la chance de travailler, je lui dis.

—*You pay us?* Bernard lui dit.

L'homme sort de l'argent.

Il nous donne 40 dollars chacun.

Bernard n'est pas content. —Monsieur, nous travaillons toute la journée. *We work all day.* Ce n'est pas suffisant.

L'homme dit seulement : «*sorry*» et son camion part.

Je suis triste. Je travaille beaucoup, mais je ne gagne pas beaucoup d'argent.

Non, je ne suis pas content. Je suis triste.

Arbres

JE SUIS PRÊT !
Je veux travailler
Tu veux que je coupe* des arbres,
Alors tu vas me payer.

Je ne sais pas couper les arbres
J'aime seulement les planter.
Mais ici je viens travailler
et je ne pose pas de questions.

*je coupe : I cut.

32

Tu me demandes de couper 30 arbres

et je pense que ça prend 8 heures

Peu importe, c'est bon.

Pour ma famille, chaque jour

je peux travailler sans arrêt.[*]

Mon père m'a enseigné [**]

Que tout travail est digne.

Je vais travailler toute la journée

Avec dignité,

Pour chaque dollar que je vais

gagner.

*sans arrêt : without stopping
**m'a enseigné : (he) taught me.

33

Chapitre 6
Sortie no. 8

Je suis seul ce matin à la sortie no. 8.

Il est tôt.

Je cherche du travail.

Je veux un travail différent de l'autre jour.
Le même travail ? Non. Non merci.

Un homme arrive. Il sort du camion et il me serre la main.

—*Hi, I'm George*. Enchanté, il me dit.

J'ai un grand sourire. Le français de George n'est pas très bon, mais j'aime George, c'est une personne bien.

—Bonjour, je suis Isidore.

—Tu veux du travail, Isidore ? il me demande.

—Oui, monsieur. Et j'aime travailler.

—Bien. Bien. Tu vas avec moi ? il me demande.

J'aime George. J'aime travailler. J'ai besoin d'argent. Je veux de l'argent. J'ai besoin d'envoyer de l'argent à ma famille, mais...

—Combien est-ce que ce travail paie ? je lui demande.

George dit : —*I pay* bien, Isidore. 10 dollars heure. C'est bien ?

—Oui, monsieur. C'est très bien. Merci. Je vais avec George dans son camion.

*****

Nous arrivons à une grande maison, une très grande maison.

La maison n'est pas au centre-ville, elle est dans la banlieue[15].

J'ai beaucoup de questions.

C'est une maison privée ?

Qui habite là ?

Pourquoi est-ce qu'ils ont une si grande maison ?

---

[15] la banlieue : suburb.

—Allons-y, Isidore, me dit George. Je vais te présenter les autres travailleurs.

Comme l'autre jour, il y a beaucoup d'hommes là. Tout le monde travaille. Il y a beaucoup d'hommes là. Je suis content. Est-ce qu'ils parlent français ?

George me présente au groupe en français :

—Hé, les gars[16], voici Isidore. Il aime travailler. Il va travailler avec vous[17], dit George.

Tout le monde me dit «bonjour» et «bienvenue».

Un homme me dit —Isidore, tu vas travailler avec nous. OK ?

—Très bien, je lui dis. Merci.

---

[16] gars : guys.
[17] il va travailler avec vous : he is going to work with you.

—Si tu as soif, il y a de l'eau là-bas, me dit un autre.

Je suis content. George est sympa. Et les travailleurs aussi. C'est un bon emploi.
Nous travaillons toute la journée. Quand nous avons faim et soif, nous faisons une pause. Tous les hommes parlent beaucoup. Ils sont sympas, ils ne sont pas désagréables.

Pendant la pause, un officiel[18] arrive. Un homme d'affaires[19] ? Il porte des vêtements élégants. Il parle à George en premier et il parle en anglais.

Après quelques minutes, l'homme parle avec nous ; il dit :

—Bonjour tout le monde. Comment allez-vous ?

Quoi ? Quoi ??

---

[18] officiel : here, politician.
[19] homme d'affaires : businessman.

Comment… ?

L'officiel parle français ? Oui, il parle français. Pourquoi ?

Les travailleurs parlent avec lui.

—Bonjour monsieur Goodman. Comment allez-vous ?

L'officiel, monsieur Goodman, est très sympa aussi. Il nous dit : Vous faites du bon travail ici. Ça va être un très bon centre communautaire. Un très bon centre communautaire. Merci pour votre travail.

J'ai beaucoup de questions.

—Qui est-il ? demande un autre travailleur.

—Il est le représentant du gouvernement ici. Il est notre représentant à Washington, il me dit.

—Je dois partir, je lui dis. Je suis sans papiers.

—Non, ça va. Monsieur Goodman travaille avec un programme du gouvernement qui aide les sans-papiers.

Monsieur Goodman me parle et me serre la main.

—Bonjour, je suis Jamey Goodman. Comment vous appelez-vous ?

—Je m'appelle Isidore. Enchanté monsieur.

—Avec plaisir[20], il me dit. Merci pour votre travail ici.

—Pardon monsieur. Où est-ce que vous avez appris le français ? je lui demande.

—J'ai habité[21] en Haïti pendant des années. J'aime la culture haïtienne et

---

[20] avec plaisir : the pleasure is mine.
[21] j'ai habité : I lived.

j'aime le français, il me dit avec un sourire.

—Comme c'est intéressant, je lui dis.

—Ce centre communautaire est très important. C'est un centre pour les sans-papiers de la région.

Impressionnant. Ce monsieur Goodman est intéressant, intelligent et il aime les gens.

À la fin de la journée, George me parle ; il dit :

—Isidore, tu as fait du bon travail aujourd'hui. Combien d'heures tu as travaillé ?

—Huit heures, monsieur.

—Voici 80 dollars. Tu es un bon travailleur. Est-ce que tu veux revenir demain ?

—Oui, monsieur. J'aime le travail. Je voudrais revenir demain. Merci.

—À demain, Isidore.

Une nouvelle chance

C'est un jour nouveau,

Et à ce nouveau travail

Tout le monde me souhaite la

bienvenue.*

C'est un jour nouveau

Et aujourd'hui je ne vais pas

couper les arbres.

Aujourd'hui le soleil est content

Et dans les visages des hommes

se reflète la joie.**

*me souhaite la bienvenue : welcomes me.
**joie : happiness.

Le soleil est content

parce qu'il voit qu'

avec nos mains,

un centre communautaire

Nous allons construire.*

Aujourd'hui c'est un jour nouveau

Et que ce soit en français ou en

anglais

Le bonheur est la seule chose qu'on

entend...

*construire : to build.

45

Chapitre 7
Dans l'appartement

Je suis dans l'appartement. Il y a beaucoup d'hommes dans l'appartement aussi.

—Bonjour, Isidore. Comment ça va ? me demande Abisai. Et le travail ?

—Bonjour Abisai. Ça va bien, merci. Le travail est très bon. Je vais y retourner demain.

—Excellent. Et ils te paient bien ? me demande Abisai.

—Oui. J'ai de la chance. Ils me paient dix (10) dollars l'heure, je lui dis.

—C'est bien. Félicitations ! dit Abisai.

Je suis content. Je veux parler à ma femme, mais ce n'est toujours pas possible. Quand j'ai plus d'argent, je vais acheter un téléphone.

Et je vais envoyer de l'argent à ma famille.

Abisai me parle encore une fois ; il dit :

—Isidore, nous allons au restaurant africain. Tu veux y aller avec nous ?

—Oui, merci. Je veux y aller. J'ai faim.

—Nous partons dans trente (30) minutes.

—D'accord. Merci.

Aujourd'hui, c'est le début. Aujourd'hui, c'est le début de mon rêve. Mon rêve de gagner de l'argent. Je veux envoyer de l'argent à ma famille.

Un bon travail

L'appartement n'est pas froid.

Le nouveau travail me donne de la force,

me donne de la vigueur.

Mon nom n'est plus "le nouveau"

Je m'appelle Isidore

Et tout le monde sait qui je suis.

Quand le travail est bon,

Quand ils te paient bien

C'est plus facile de sourire[*],

C'est plus facile de rêver.

*sourire : smile.

Demain avec M. George
Je vais travailler.
De lundi à dimanche
Tout l'argent
pour ma famille je vais économiser.[*]

*économiser : to save, as in money.

Chapitre 8
Au supermarché

C'est dimanche. Je suis dans l'appartement.

Je travaille presque tous les jours : le lundi, le mardi, le mercredi, le jeudi, le vendredi et le samedi.

Je ne travaille pas le dimanche.

Je travaille beaucoup en un mois. Je travaille six jours par semaine, de huit heures à dix heures par jour.

Il y a beaucoup de travail à faire dans le centre communautaire. Le centre va être prêt dans un an.

J'aime beaucoup le travail. J'aime les travailleurs aussi.

Et travailler dans le futur centre communautaire me donne une idée…

Mais d'abord, je dois aller au supermarché. Au supermarché, il y a une banque.

À la banque, je vais envoyer de l'argent à ma famille.

Il fait soleil aujourd'hui, mais il fait froid et il vente. Je sors de l'appartement et je marche jusqu'au supermarché seul.

*****

Je suis seul dans le supermarché. Je ne suis pas avec les autres hommes, David, Calixte, Nicholas, Rémi, Bernard ou Abisai.

Je n'ai pas faim, mais je suis nerveux. Envoyer de l'argent est très important.

Je vais dans la partie du supermarché où se trouve la banque.

Je parle à la femme. Elle travaille pour la banque.

—*How can I help you?* elle me dit.

Qu'est-ce qu'elle dit ?

Je suis très nerveux. C'est important d'envoyer de l'argent, mais je ne parle pas anglais.

Je lui parle en français.

—Bonjour. Je veux envoyer de l'argent à ma famille dans mon pays, je dis à la femme.

—*Do you speak English?* elle me demande.

—Je veux envoyer de l'argent à ma famille, je lui dis.

—*I don't understand what you want. And Marie is not here yet. I can't help you*, elle me dit.

Je sors l'argent.

—Cet argent. Je veux l'envoyer à ma famille, je lui dis.

Je lui donne l'argent.

—*No. I can't take that. Mister, I can't help you. I don't know what you want and Marie isn't here to translate. You'll have to come back.*

La femme me dit «non». Qu'est-ce que je fais ?

Je suis frustré.

Je suis fâché.

Je veux envoyer l'argent. Mais je ne parle pas anglais. Cette situation est horrible pour moi.

J'ai déjà passé deux mois aux États-Unis et ma famille n'a toujours pas l'argent que je voudrais envoyer.

Frustré et fâché, je retourne à mon appartement.

Deux langues

Aujourd'hui je vais aller à la
banque.
Et à ma famille l'argent
Je vais envoyer.

Dans ma poche,*
sous forme de billets**
Il y a beaucoup de jours de travail.

Mon cœur veut chanter,
Je suis content parce que ma
famille
Je peux aider.

*poche : pocket.
**billets : bills, as in money.

Il y a seulement un inconvénient,
L'anglais je ne peux pas
comprendre.
Je ne sais pas comment je vais
envoyer l'argent.

Un peu triste et frustré
Je retourne à la maison avec un
nouveau plan.
Dès demain
L'anglais je vais parler.

C'est lundi. C'est le début de la semaine.

Je suis toujours frustré par la situation à la banque. J'ai l'argent, mais je ne peux pas l'envoyer à ma famille.

Mais je suis aussi content. J'ai un travail et c'est un travail qui paie bien.

Je vais gagner plus d'argent.

Je suis au centre communautaire. Je suis avec les autres travailleurs et avec George aussi.

—Bonjour, les gars, dit George. Nous avons beaucoup à faire aujourd'hui. Deux semaines *to, uh…* terminer le travail.

Le français de George n'est pas parfait. Mais George peut communiquer avec les travailleurs.

—Allons-y, Isidore. Il faut travailler, dit un ami.

—J'y vais, je lui dis.

Oui, George parle en français mais son français n'est pas parfait… L'anglais pour moi…

Pourquoi est-ce que l'anglais est si difficile ?

C'est difficile, mais je dois parler anglais.

Oui, je veux retourner dans mon pays un jour, mais je suis aux États-Unis maintenant. Et je veux communiquer avec les autres personnes ici. Il faut que je parle anglais.

L'après-midi, Monsieur Goodman arrive pour parler avec George et avec nous aussi.

—Écoutez, le travail que vous faites avec cette maison pour le centre communautaire est excellent. Merci pour tout ce travail.

Monsieur Goodman est un homme bien.

—Nous allons avoir une célébration pour le nouveau centre et le public va être invité. Et si je peux vous aider, parlez avec moi.

Monsieur Goodman va sortir, mais je veux parler avec lui.

—Pardon, Monsieur Goodman, je lui dis. J'ai une question à vous poser.

—Bien sûr. Comment vous appelez-vous ? il me demande.

—Je m'appelle Isidore.

—Ah, oui. Merci. Ma mémoire …

—Pas de problème, monsieur. J'ai besoin d'un peu d'information, je lui dis.

—Je veux vous aider, il me dit. De quelles informations avez-vous besoin ?

—J'ai besoin d'apprendre l'anglais, je lui dis.

—C'est une bonne idée, Isidore. Voici un numéro de téléphone.

Monsieur Goodman écrit un numéro sur un morceau de papier et me le donne.

—Ce numéro de téléphone est pour un centre communautaire qui offre des cours d'anglais pour les personnes qui veulent l'apprendre.

—Très bien, merci.

Je suis nerveux…

—Et le prix du cours ? je lui demande. Il ne me reste pas beaucoup d'argent.

—Les cours ne coûtent[22] rien. Le programme du gouvernement paye pour les cours. Ils sont gratuits[23] pour vous, il me dit.

—Excellent, Monsieur Goodman. Merci beaucoup pour l'information, je lui dis.

Je ne suis pas frustré. Je suis content. Je vais parler anglais.

J'ai un grand sourire pour le reste de la journée.

---

[22] coûtent : cost.
[23] gratuits : free.

Anglais

J'ai un plan.
Aujourd'hui à M. Goodman je vais
demander,
Comment l'anglais
Je peux parler.

J'aime le français
Et avec tous mes amis ici
Je peux communiquer.
Mais il faut parler anglais,
Pour aller à la banque
et à ma famille
envoyer de l'argent.

Je ne suis pas d'ici,

Tout est nouveau pour moi.

Parler anglais

Aux États-Unis,

Je dois le faire pour rendre

ma vie plus facile.

Chapitre 10
Au cours d'anglais

Après le travail, un jour, je vais au centre communautaire pour le cours d'anglais. Je suis nerveux, mais je suis content.

Je vais au cours avec Abisai et David. Ils ont passé plus de temps aux États-Unis, mais ils ne parlent pas anglais ; ils veulent parler anglais aussi.

—On me dit que l'anglais est difficile, dit David.

—Tout est difficile au début, dit Abisai.

—Oui. L'anglais est nouveau et ça va être difficile au début, je leur dis. Mais nous allons parler anglais. Il faut être positif.

Dans une semaine, il y aura une célébration pour le centre communautaire où nous travaillons. Je veux me présenter en anglais...

*****

Au cours d'anglais, il y a beaucoup de personnes de beaucoup de pays différents. Tout le monde veut parler l'anglais.

—*Good evening class*, nous dit la prof. *Welcome to English class. Tonight we will learn how to introduce ourselves in English.*

Une femme qui parle un peu d'anglais nous dit —Bonjour, classe. Ce soir on va apprendre à nous présenter en anglais.

La prof dit :

—My name is Deirdre. I am from New York. I am from the United States.

La prof écrit les questions (en anglais) :

Comment t'appelles-tu ?

D'où viens-tu ?

OK. Ce n'est pas difficile. C'est facile. J'écris dans mon cahier.

Toutes les personnes parlent en anglais :

My name is Anna. I am from the Democratic Republic of Congo. I am Congolese.

My name is Pierre. I am from Haiti. I am Haitian.

My name is Mahmoud. I am from Pakistan. I am Pakistani.

My name is David. I am from Colombia. I am Colombian.

Je me présente en anglais. Ce n'est pas naturel au début, mais je parle de plus en plus. À la fin du cours, c'est plus facile.

Après un des cours, je vais à la banque. Je vais parler avec la femme en anglais. Je vais envoyer de l'argent à ma famille.

Je suis content. Je ne suis pas frustré. Je vais beaucoup écrire dans mon cahier.

Hello, my name is Isidore...

Bonjour de nouveau !

Glad we caught you...

We're hoping you have enjoyed the story so far. We wanted to remind you to turn the page for the poem for this chapter. Isidore has more to tell you.

Enjoy and thanks for reading!

My nom is

Hello my friends,

Mon nom n'est pas André,

Je m'appelle Isidore

and I can speak

en français et en anglais.

I came here

Il y a quelque jours

Et bien que*ça ne soit pas facile,

now I'm very happy

parce que je parle un peu

anglais.

*bien que : though.

74

J'ai beaucoup d'amis
Dans ce pays.
Chaque ami
their family left.
They came here
Pour chercher un meilleur futur.

Si un jour tu me vois travailler
Don't forget to shake my hand
Tu peux faire me faire confiance.[*]

*me faire confiance : trust me.

75

GLOSSAIRE

A

à - to, at
(d')abord - first
(d')accord - okay, all right
achêter - to buy
(homme d')affaires - businessman
africain - African
âgée(s) - old
ai - have
aider - to help
aime - like
aimes - like
aller - to go
allez - go
allons - go
alors - then
ami(s) - friend(s)
amour - love
anglais - English
animaux - animals
années - years
ans - years
appartement - appartment
appelez - call
appelle - calls
appellent - call
appelles - call
apportent - bring
apprendre - to learn
appris - learned
après - after

après-midi - afternoon
arbres - trees
argent - money
arrive - arrive
arrivent - arrive
arrivons - arrive
arrivé(e) - arrived
as - have
assez - enough
au(x) - to the
aujourd'hui - today
aura - will have
aussi - also
autoroute - highway
autre(s) - other
avec - with
avez - have
avoir - to have
avons - have

B

banlieue - suburb
banque - bank
beaucoup - a lot
beaux - beautiful
belle - beautiful
(avoir) besoin - to need
bien - well
bienvenue - welcome
billets - bills
bon/ne(s) - good

bonheur - joy
bonjour - hello
bruits - noises
bruns - brown

C

cahier - notebook
calendrier - calendar
camion - truck
car - because
ce - this
célébration -
   celebration
c'est - it is
celui - the one
centre - center
centre-ville -
   downtown
certaines - certain
cet/te - this
chacun - everyone
chaleur - heat
chance - chance,
   opportunity
chanter - to sing
chaque - each
cherche - looks for
chercher - to look
   for
cheveux - hair
chez - at the home
   of
chien - dog
chose(s) - thing(s)
classe - class

combien - how
   many, much
comme - like, as
comment - how
communautaire -
   community (adj.)
communiquer - to
   communicate
comprendre - to
   understand
conducteur - driver
confiance - trust
congelé - frozen
construire - to build
content - happy
continue - continues
contre - against
coupe - cut
couper - to cut
cours - course, class
coûtent - cost
culture - culture

D

dangereux -
   dangerous
dans - in
de - of, from
début - beginning
dehors - outside
déjà - already
demain - tomorrow
demande - ask
demander - to ask
demandes - ask
demie - half

déportées - deported
depuis - then
des - of, from the
désagréables -
    unpleasant
deux - two
difficile - difficult
différent(s) -
    different
digne - dignified
dignité - dignity
dimanche - Sunday
dis - say
disent - say
dit - says
dix - ten
dois - must
dollar(s) - dollar(s)
donne - gives
donnent - give
dormir - to sleep
du - of, from the
dur - hard

E
eau - water
économiser - to
    save, as in money
écoutez - listen
écrire - to write
écris - write
écrit - writes
élégants - elegant
était - was/were
États-Unis -
    United States

elle - she
emploi - job
en - in, on
enchanté - pleased
encore - still, yet
endroit(s) - place(s)
enfants - children
enseigné - taught
entend - hears
entrons - enter
envoyer - to send
es - are
espoir - hope
est - is
et - and
être - to be
eux - them
excellent - excellent

F
fâché - angry
facile - easy
(avoir) faim - to be
    hungry
faire - to do, make
fais - do
faisons - do
fait - does
faites - do
famille - family
fatigué - tired
(il) faut - it is
    necessary
favorite - favorite
félicitations -
    congratulations

femme - woman
ferme - close
fin - end
fois - time, instance
français - French
froid - cold
fruits - fruit
frustré - frustrated
futur - future

G

gagne - earn
gagner - to earn
gars - boy
gens - people
gouvernement -
   government
grand/e(s) - big
gratuits - free
groupe - group
guadeloupéen -
   Guadalupean

H

habite - live
habité - lived
haïtien - Haitian
hé - hey
heure(s) - hour(s)
hier - yesterday
hiver - winter
homme - man
hommes - men
horrible - horrible
huit - eight
humains - humans

I

ici - here
idée - idea
il - he
il y a - there is, are
illusions - illusions
ils - they
imaginer - to imagine
important -
   important
importe - matter
impossible -
   impossible
impressionnant -
   impressive
inconvénient -
   inconvenient
information(s) -
   information
instant - instant
intelligent -
   intelligent
intense - intense
intéressant -
   interesting
invité - invited

J

je/j' - I
jamais - never
jeudi - Thursday
jeune - young
joie - joy
jour(s) - day(s)
journée - day
jusqu'au - until

L

l'/la/le/les - the
là-bas - there
laisse - leaves
langues - languages
laquelle - which
leur - their
loin - far
long(s) - long
loyer - rent
lui - him
lundi - Monday

M

m'/me - me
ma - my
main(s) - hand(s)
maintenant - now
mais - but
maison - house
marche - walk
mardi - Tuesday
marron - brown
martiniquais -
    Martinican
matin - morning
me - me
meilleur/e - better
mêmes - same
mémoire - memory
merci - thank you

mercredi -
    Wednesday
mes - my
meurent - die

minutes - minutes
moi - me
mois - month
moment - moment
mon - my
monde - world
monsieur - mister,
    sir
morceau - piece

N

n'/ne - don't
nature - nature
naturel - natural
nerveux - nervous
neuf - nine
nez - nose
no. - abbreviation for
    «number»
noir - black
nom(s) - name(s)
non - no
nos - our
notre - our
nous - we
nouveau - new
nouveaux - new
nouvelle - new
numéro - number

O

officiel - official
offre - offer
on - we
ont - have
oreilles - ears

ou - or
où - where
oui - yes

P

paie - pays
paient - pay
papier(s) - paper(s)
par - through
parce que - because
pardon - sorry
parents - parents
parfait - perfect
parle - speaks
parlent - speak
parler - to speak
parlez - speak
parlons - speak
part - leaves
partie - part
partir - to leave
partons - leave
(ne...)pas -
   doesn't/don't
passé - spent
pause - break
paye - pays
payer - to pay
pays - country
pendant - during
pense - thinks
personne(s) -
   person(s)
petit/e(s) - small
peu - little

peur - fear
peut - can
peux - can
photo - photo
plaisir - pleasure
plan - plan
planter - to plant
plantes - plants
plus - more
poche - pocket
porte - door
pose - ask
poser - to ask
positif - positive
possibilités -
   possibilities
possible - possible
pour - for
pourquoi - why
poussent - grow
pousser - to grow
pouvoir - to be able
prêt - ready
première - first
premier - first
premièrement - first
   of all
prend - takes
presque - almost
privée - private
prix - price
problème - problem
proches - close
prof - teacher
programme -
   program

prospérité -
    prosperity
prénom - first name
prépare - prepares
présente -
    introduces
présenter - to
    introduce
public - public

Q
qu' - what
quand - when
quatre - four
que - that
quelles - what
quelque(s) - some
quelquefois -
    sometimes
question(s) -
    question(s)
qui - who
quitter - to leave
    behind
quoi - what

R
(avoir) raison - to be
    right
regarde - looks
région - region
reposer - to rest
représentant -
    representative
restaurant -
    restaurant

reste - rest, remain
retourne - returns
retourner - to return
retournons - return
réveiller - to wake
revenir - to come
    back
rêves - dreams
rien - nothing

S
sais - know
sait - knows
samedi - Saturday
sans - without
se (trouve) - it is
    found
semaine(s) - week(s)
sept - seven
serre - tight
seul/e(s) - only
seulement - only
si - if
silence - silence
situation - situation
six - six
(avoir) soif - to be
    thirsty
soir - evening
soit - that is
soleil - sun
sommeil - sleep
sommes - are
son - his/her
sont - are
sors - leave

sort - leaves
sortie - exit
sortir - to leave
souhaite - wish
sourire - smile
sous - under
souvenirs - memories
suffisant - enough
suis - am
supermarché -
    supermarket
sur - on
surtout - above all
sympa(s) - nice

T

t'/te - you
ta - your
tard - late
téléphone - phone
temps - time
terminer - to end
toi - you
ton - yours
toujours - always
tous - all
tout/e(s) - all
travail - work
travaille - works
travaillent - work
travailler - to work
travailleur(s) -
    workers(s)
travaillons - work
travaillé - worked

très - very
trente - thirty
triste - sad
trois - three
trop - too much,
    many
trouve - finds
tu - you

U

un/e - a, an
(États-)Unis - United
    States

V

va - goes
vais - go
vas - go
vêtements - clothes
vendredi - Friday
vente - twenty
veulent - want
veut - wants
veux - want
vie - life
vieil/le - old
viennent - come
viens - come
vigueur - vigor
village - town
vis - live
visages - faces
vivre - to live
voici - here is
voilà - there is
vois - see

voit - sees
vont - go
votre - your
voudrais - would like
voulons - want
vous - you

voyage - trip,
   journey
vraiment - truly

Y

y - there
   il y a - there is,
   are
yeux - eyes

ABOUT THE AUTHORS

Diego Ojeda

Diego Ojeda is a Spanish teacher in Louisville, Kentucky. Diego has written and published three CI poetry books and a short stories book. Diego is also an international Second Language Acquisition teacher trainer as well as a well-regarded teaching resources creator.

Diego shares most of his ideas and activities in his blog www.SrOjeda.com.

 @DiegoOjeda66

 @Sr_Ojeda

 www.youtube.com/c/DiegoOjedaEDU

 www.srojeda.com

Other books by Diego Ojeda

Poetry:

Corazón sin borrador
Poems about interpersonal relationships at school.

Acuerdo natural
Poems about the environment and our commitment to Earth.

Nostalgia migrante
Poems about the human experience of migration.

Short stories

Sonrisas ocultas
12 short stories about returning to school during the COVID-19 pandemic.

Jennifer Degenhardt

Jennifer Degenhardt taught high school Spanish for over 20 years and now teaches at the college level. At the time she realized her own high school students, many of whom had learning challenges, acquired language best through stories, so she began to write ones that she thought would appeal to them. She has been writing ever since.

Other titles by Jen Degenhardt:

La chica nueva | La Nouvelle Fille | <u>The New Girl</u> |
Das Neue Mädchen | La nuova ragazza
La chica nueva (the ancillary/workbook
volume, Kindle book, audiobook)
Salida 8 | *Sortie no. 8*
Chuchotenango | *La terre des chiens errants*

Pesas | Poids et haltères
El jersey | <u>The Jersey</u> | Le Maillot
La mochila | <u>The Backpack</u> | Le sac à dos
Moviendo montañas | Déplacer les montagnes
La vida es complicada | La vie est compliquée
Quince | <u>Fifteen</u>
El viaje difícil | Un Voyage Difficile | <u>A Difficult Journey</u>
La niñera
Fue un viaje difícil
Con (un poco de) ayuda de mis amigos
La última prueba
Los tres amigos | <u>Three Friends</u> | Drei Freunde | Les Trois Amis
María María: un cuento de un huracán | <u>María María: A Story of a Storm</u> | Maria Maria: un histoire d'un orage
Debido a la tormenta
La lucha de la vida | <u>The Fight of His Life</u>
Secretos
Como vuela la pelota

 @JenniferDegenh1

@<u>jendegenhardt9</u>

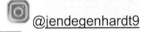 @puenteslanguage &
World LanguageTeaching Stories (group)

Visit <u>www.puenteslanguage.com</u> to sign up to receive information on new releases and other events.

Check out all titles as ebooks with audio on
<u>www.digilangua.co</u>.

About the Translator

Theresa Marrama is a French teacher in northern New York. She has been teaching French to middle and high school students since 2007. She is also the author of many language-learner novels and has translated a variety of Spanish comprehensible readers into French. She enjoys teaching with Comprehensible Input and writing comprehensible stories for language learners.

Her books and resources can be found at:
www.compellinglanguagecorner.com and
www.digilangua.co.

Made in the USA
Monee, IL
14 June 2023

35773198R10057